꽃잔치, 오늘 우리 행복하자

꽃잔치, 오늘 우리 행복하자

김복희 시집

문학시티

꽃은 사람의 마음을 행복하게 해준다고 누군가 말했다.

행복해지고 싶은 꽃
그 꽃을 아파트 베란다, 텃밭에 심어놓고
꽃과 함께 살았다.

꽃을 피우기 위해 때를 기다리는 삶처럼
아픔을 견디며 아름다움으로 승화하는 꽃,

내게 온 모든 인연 꽃들을 모아 꽃 시의 화원을 꾸민다.

2020년 9월
지현 김복희

차례

1부 풀꽃 향기

2부 행운목 꽃

3부 라일락 향기

4부 꽃 잔치

1부
풀꽃 향기

끝없는 사막을 달리듯

긴 세월 목이 말라도

사랑의 열정을 쏟아 부으며

불길 세차게 당기더니

마침내 오아시스를 만나

빨간 영혼 꽃이 피었네.

선인장

갑옷 같은 단단한 몸에
창칼보다 날카로운 침으로
누구도 접근하지 못하게
자신을 무장하고 살지만
가슴은 푸르게 타올라 불꽃이 튄다.

끝없는 사막을 달리듯
긴 세월 목이 말라도
사랑의 열정을 쏟아 부으며
불길 세차게 당기더니
마침내 오아시스를 만나
빨간 영혼 꽃이 피었네.

비바람 몰아쳐도
흔들림 없는 품격으로
신비스러움 간직하며
신성한 열정의 홍등을 달았네.

어둠속 향기

밖은 코로나사태로 온통 암흑 뿐
베란다에서 문득
꽃들의 밝은 웃음소리 들린다.

잔뜩 웅크렸던 가슴 펴는 햇살의 손길
막힌 코를 여는 천리향 영산홍
봄의 미소 세상을 밝힌다.

많이 아파했던 젊은 날까지
햇볕에 널어 하얗게 펴는

온통 긴장 속 어둠은 점점 깊이를 더해가도
봄은 온다. 낯선 시간 속
보이지 않는 영혼 향기에 젖는다.

복수초

눈 쌓인 산언덕 양지에서
깨달음에 눈을 뜨기 위해
참선을 한다.

추운겨울도 당당하게
햇볕 부르며 꿋꿋이 서서
노란꽃잎으로
주변의 얼음을 녹이듯

어지러운 세상 모두 품은
간절한 기도
행복을 기원하는 등을 밝힌다.

동백꽃

빨간 꽃잎 속에 노란 황금 잔
달빛 머금고 반짝 눈을 뜬다.

한겨울에 선홍색으로 피어난
웃음의 빈자리, 가슴 뜨거운
비명의 축배.

모진 비바람 눈보라 몰아칠 때
웃다가 울음 토하는
아픈 영혼의 몸살.

이별의 아픔은 많은 상처뿐이지만
떨어져 있어도 홀로 스스로를 다스리는
저 아름다운 지조 황금 잔속에 출렁거린다.

목련

창밖
오랜 침묵을 깨고
홀연히 피어올린 하얀 촛불

푸른 깃발 손에 들고
봄바람 불러와
뜨거운 속삭임 건네준다.

삶이 아무리 힘겨워도
잘 견디며 살아가라
고운 숨결로 화음 높이는

언 강 건너온 강인한 눈빛
어두운 세상 밝히는 자애의 등불
하늘 향해 두 손 모은다.

풍란 향기

어디서 날아왔을까
꿈인지 향수인지
거실을 흠뻑 채운 풍란 꽃소식.

지난밤 폭풍에 온 몸
숨통 막히고 가슴이 울렁거려도
긴 밤 구르며 멈춰선 황홀

빛을 갈구하며 몸을 찢었나
굽이굽이 사무친 은빛 사랑
바람결에 둥둥 떠다닌다.

어둠이 짙어가며 자욱한 세상
하얀 꽃잎에 보라색 꽃등
내 작은 방에 자연 잔치 한창이다.

문수산 진달래

온 산을 붉게 덮은 문수산 진달래
능선 길 따라 걷다보면
빈 벤치에
어둠이 혼자 앉아있다
김이 모락모락 오르던
당신의 커피는 보이지 않고
내 눈시울만 붉어진다.

산이 좋아 산에서 만난 사람
이산 저산 오르다가
위험도 즐거움도 보람도
삶은 높 낮이가 많아 녹록지 않았으나
그래도 말없는 산처럼 묵묵히 지켜준 세월

병인양요 때 희생된 선조들의 붉은 혼
명울 꽃 붉기만 한곳에서
(당신, 나보기가 역겨워 떠나셨나요?)
나의 눈시울만 한없이 붉어지옵니다.

유월 장미

밤사이 담장위에서
고개를 내밀며 빨갛게 방실거린다.

가슴이 뜨겁게 솟구치는
더는 기다릴 수 없는
터지도록 부푼 가슴, 입술
벽을 타고 오른다.

당신을 향한 사랑 가시에 찔려도 좋아
붉은 눈물 뚝뚝 떨구다

당신이 다시 손잡아 주신다면
내게 남은 여름의 뜨거움
송두리째 다 바치리다.

꽃 기린

목이 길어 아름다운가
침묵으로 사시장철
인생의 바람을 잠재우며
꽃등을 달아 기쁨을 주네.

붉은 볼에 엷은 햇살 머금고
움츠러드는 어둠을 헤치며
내면의 깊은 우울 감추면서
아픔을 토해내는 청아한 눈빛

누구에게나 사랑을 주고받으며
변함없는 지조로 향기 뿜어내는
가녀린 몸매에 화사한 웃음
우리 언니 미소를 닮았네.

목 베고니아*

천사의 날개처럼
활짝 펼친 잎 사이에서
수줍게 고개를 내미는
앵두 빛 입술,

화려한 듯 아니한 듯
자그만 꽃 입술을
촉촉이 적시면서

그리움에 목이 타들어가도
단아한 모습으로
대하는 사람마다 반갑게
목례하며 감동을 주네.

아무리 버거운 삶이 찾아와도
달콤한 미소로 긴장을 풀어
고이 간직한 청정한 숨결

향기 가득 마음을 다독이네.

*꽃말- 친절, 정중

산수유 꽃

송광사 해우소 앞 돌담 위에
아지랑이 타고 아장아장 걸어오는
노란 눈망울들
마디마다 환희를 모아 손에 받쳐 들고
톡톡 터트리며 다가오고 있네요.

춥고 긴 어둠을 잘 참아내고
닫혀 있던 마음도 하나 둘 열면서
몽울몽울 웃음꽃 피워내는
희망의 불꽃이 찬란하네요.

온 누리가 자비로운 마음을 닮은
평온한 극락을 만들며
만나는 이들마다 다정하게
봄의 전령사 숨결 고르네요.

장미의 부활

화분에서 정을 붙이지 못하기에
척박한 땅에 옮겨 심었다.

처음에는 낯설어하더니
모진 폭풍우에도 굽히지않고
목마름의 무게를 누르며
생명줄을 놓지 않는다.

휴식의 시간이 필요했을까
안간힘 속에서
늪으로 빨려드는 절망을 건져올려
가시로 돋으며
시린 가슴위에 붉게 피어났다.

기다림은 간절한 불꽃이되어
어지러운 잔상들을 태우고
가슴과 영혼까지 활활 태운다.

찔레꽃

남한강가에
청순한 웃음들이
옷깃을 잡아당긴다.

살포시 다가앉아
눈을 지그시 감고
짙은 꽃향기에 빠지다보면
어느새 강바람 살랑 살랑
어린 시절 그리움 불러 모은다.

보리 그을려 비벼 먹던 까만 손 까만 입
떫은 찔레 순 꺾어먹던 해맑은 웃음들까지
넝쿨 속 넘나드는 추억들
가지마다 하얀 꽃등 불을 켠다.

오렌지 재스민

베란다 창가에 해맑은 얼굴
엷은 햇살에도 그윽이 피어
향기 가득하더니

매사에 분주하여
눈길 주지 못하는 동안
어느새 시들시들
목숨 태워 날아갔습니다.

언제나 곁에 있어주던
정겨운 언니같이
마음을 다독이던 숨결은
새록새록 온몸을 차오르며

재스민의 짙은 향처럼
세월이 흐를수록
그리움이 더 깊어
오늘도 가슴에서 소용돌이칩니다.

벚꽃 축제

답답한 가슴으로 윤중로에 왔다
밀고 밀리며,
벌떼같이 모여든 군중속에서
사람에 취해 향기에 취해
둥둥 떠다녔다.

정겹게 터져 나오는
젊음의 함성 사이
달은 원만한 미소로
후회뿐인 삶의 무게를
잠시 내려 놓으라한다.

세상을 향해 소리치는 저 외침,
나도 한때는
쉽게 불타고 쉽게 꺼지는
갈등의 불을 안고 서 있었지.

숨이 막히도록 황홀한 침묵이
닫혀있는 가슴을 활짝 열어
연처럼 높이 높이
나를 띄워 올린다.

매화차

사내들은 꽃을 보면
꿀벌처럼 윙윙대는가

매화차를 만들려고
금방 터트린 꽃잎만 골라
정성을 다하는데
어떻게 알았는지 벌떼들이
윙윙대며 달려든다.

향기 찾아
주변에서 서성대던 많은 벌들
어디로 날아갔을까

내면의 성숙을 위해
기나긴 엄동설한
추위를 잘 견뎌온 끈기,

찻잔에
아픔을 우려낸 깊고 짙은 향기
세상이 먼저 알고 다가온다
벌들의 윙윙소리.

풍란

맨발로 절벽을 오르듯
백자 화분에
하얀 뿌리를 걸치고 있다.

어떤 고난도 물리칠 기세로
밤새 작은 봉오리 매달고
쭉쭉 뻗으며 정진하고 있다.

학처럼 하얀 날개 펴고
선녀처럼 날아서 신비경 보이며
그윽한 향기 피워내기를

간절히 발원하는 지혜의 눈
방울방울 바람을 타고
아기별 꽃등 환희 밝히네.

시클라멘*

초겨울 창가에 따스한 입김
여름내 목말랐던 갈증 푼다.

끝없는 열기를 온몸으로
속으로 참았던 눈물

차가운 체온 속의 꽃봉오리
오골오골 밀어 올려 피는 소리.

다산을 위해 굴뚝에 연기 피워
달에게 보내듯

운무가 걷히고
맑은 숨결이 햇살로 다가온다.

*시클라멘- 겨울에 개화하는 꽃

풀꽃 향기

청라靑羅 언덕에
꽃씨를 뿌렸더니
어느새 새싹이 돋아나네.

정성으로 가꾸니 뿌리가 내려
언제 어디서나
카메라 앵글을 맞추면
저절로 피어나는 풀꽃 향기

아픔이 찾아와도
친구처럼 늘 함께
안으로 안으로 한을 다스리는
동그란 미소

보람의 꽃잎에
연민의 눈빛
초록의 문 열고
짜릿한 향내 마실 나오네.

드라이플라워

거울을 보면
입가에 꽃잎
말라가는 계절이 보인다.

세월을 거스르지 못하고
잠시 쉬어가는 동안
향기가 멀리 날아갔을까.

서글퍼할 겨를도 없이
혼탁한 세상 허둥지둥
설레임 안고 달려온 세월

저물어가는 서녘
사위어가는 꽃잎
노을이 붉게 타고 있다.

꽃길

어둡고 험한 길
뚜벅뚜벅 걸어
여기까지 왔네.

바람 불면 부는 대로
눈보라치면 치는 대로
심장에 불 질러 꽃대궁 키우며
모진 세월 녹여
시의 꽃 피우며 왔네.

뒤 돌아볼 수 있고
정진할 수 있는
아픔도 꽃이 되는
수행의 시간

당신이 있어 행복했다고
연꽃 한 송이 들어 올리네.

2부
행운목 꽃

멍울진 상처가 터지듯
시원스레 푸른 숨결 내쉬며
봄의 교향악을 연주한다.

군자란 君子蘭

입춘이 지나자
연녹색 잎 사이로 대궁을 쏘옥 밀어 올린다.

따스한 봄볕이 살짝 간질이면
더는 참지 못해
까르르 웃음을 터뜨리기에
날마다 가까이에서 바라보았다.

간절한 기다림에 귀 기울여준
그 숨결 고귀하면서도 신비한 힘
우아한 자태를 보인다.

눅눅한 겨울 이야기 송이마다
새소리 바람소리 개울물 소리

군자란 君子蘭 2

혹독한 한파에
온천지가 꽁꽁 얼어도
죽은 듯이 견디고 있다가

문틈으로 들어온 봄이
겨울을 살짝 벗겨내자
우주의 합창에 화답을 한다.

오랜 침묵 속에서 자라난
환희의 꿈들, 가슴조이고
잠 못 이루던 날들을 삭히며

멍울진 상처가 터지듯
시원스레 푸른 숨결 내쉬며
봄의 교향악을 연주한다.

군자란 君子蘭 3

여명이 밝아오듯
새순이 올라온다.

겨우내 닫혔던 창문을 열고
얼어붙은 마음도 녹이면서
깊어지는 뿌리에서
기지개켜며 움트는 소리.

신비하게 솟아오른
맑은 정기
선잠 깨는 가슴
노란 숨결을 건져 올린다.

군자란 君子蘭 4

주먹을 불끈 쥐고
솟아오르는
봄날의 희망찬 소망

어려움 속에서도
암흑을 뚫고
꽃등이 밝아오네.

모두가 무관심해도
어떠한 난관에도
흔들림 없이

언제나
어김없이 찾아오는
당당한 모습
어두운 세상에 밝은 빛을 주네.

군자란 君子蘭 5

삶의 무게에 짓눌려
숨쉬기조차 힘들 때
심지를 곧게 세우며
눈부신 빛이 찾아왔네.

새로운 세상에 눈뜨듯
암흑의 터널을 벗어나
연두 빛 촉을 세우며
내게로 다가오네.

품격 있는 꽃봉오리
장엄하게 빛을 내며
병든 영혼을 깨우는
생명의 불꽃이라네.

봄꽃
-군자란君子蘭-

겨울을 붙들고 바둥대는 내 곁에
따뜻함을 고요히 속으로 품으며
살며시 다가온 봄의 전령사.

수줍은 듯 몽올몽올 입을 벌리는
홑잎겹잎 얽어진 오묘한 얼굴
눈부신 햇살 받아 미소를 짓네.

혹독한 추위가 찾아와도
어머니의 아늑한 오지랖처럼
강인한 꽃대궁 드러내더니
냉기 흐른 가슴에 불을 지피네.

민들레

초겨울 길가에 피어있는
의지의 화신을 바라본다.

누가 뭐라 해도 이 지구성에
자자손손 퍼뜨리는 꿈을 꾸며
짓밟히면서도 다시 일어나
험난한 생존의 땅위에서
포기하지 않는 의지의 시를 바라본다.

들풀과 자연스레 어우러져
황달을 이겨내고 꽃을 피운
생명의 향기를 전하는 투혼의 삶
병후의 강인한 미소를 바라본다.

민들레 김치전

항암작용을 한다기에
뿌리 채 뽑아 김치를 담갔다.

암팡진 성깔이
가슴을 후벼 파
작업을 시작하였다.

황사바람에 곤두박질쳐도
끈질긴 생명력으로
열심히 살아가면서

어느 곳이나
터 잡아 자리 잡고
씨방을 틔우듯 떠서 전을 부쳤다.

골진 가슴을
부드럽게 다독이며

몸을 휘감는 감격
우리는 그렇게 한 몸이 되었다.

민들레 2

적막강산에
대가족이 옹기종기 모여앉아
집을 지키고 있다.

주인은
욕망의 불꽃이 타올라
그 불길 따라 떠나버린 빈집,

계속되는 가뭄으로
대지는 바싹바싹 타들어가고
가슴도 타들고 있는데

식구들은 투혼의 정신으로
올라오면서 올라오면서
주인을 기다리고
다 내어주면서 몸 보시를 한다.

행운목 꽃

공기 정화를 위해
수면에서 자라던 나목을
화분에 옮겨 심었다.

허술한 나무가 관목이 되듯
메마른 가슴을 헤집고
지복至福이 찾아 왔는가.

막막한 행진에 지쳐서
내던져진 삶의 끝자락에서
움켜진 욕심을 내려놓으며
묵묵히 견뎌온 세월

오랜 침묵을 깨고
토막에서 꽃봉오리 올라와
함박웃음 터지더니
광명의 햇살이 집안 가득 하네.

행운목 꽃 2

세월에 굳은 돌부처처럼
자애로운 미소를 머금은 채
꽃잎도 눈물을 흘리는가.

기다림은 그리움의 원천
바람 부는 벌판에 홀로서서
가슴에 등불을 켜는 청초한 눈빛,

밤마다 향기를 풀며 다가오면
설레는 가슴 기대 부풀어
소진한 심신이 기력을 회복한다.

영산홍

새빨간 입술이 고와서
살며시 다가가니
앙증스런 얼굴을 살짝 돌리네.

꽃샘바람이 시샘할 줄 알면서도
끌려드는 요사한 매력,
잠시라도 못 보면 몸살이 난다네.

돌담사이에서
요염한 웃음 또르르 흘리며
나그네 발길을 멈추게 하네.

영산홍 2

베란다에서 상큼한 얼굴
"나 좀 봐요!" 하는 소리
분홍색 미소를 본다.

봄이 왔건만
세상은 온통 전염병
어둠이 점점 깊어간다
두려움을 떨치며
잠시 눈을 돌린다.

'안녕!' 너와의 눈인사
눈과 귀가 맑아진다
햇살이 반짝!

성에꽃

아침에 일어나 보니
자동차 유리에 선연히 피어 있는 꽃

밤사이 사랑의 입김 숨결이
유리벽 사이에서
혹한을 이기지 못하고
그리움이 고고히 달라붙어
찬란한 꽃이 되었네.

그러나
뜨거운 사랑이 서서히 안겨오면
가슴이 복받쳐
감격의 눈물로 흘러내리겠지요.

왕벚꽃

상왕산 소나무 숲길을 가쁘게 오르면
고즈넉한 개심사가 왕벚꽃에 묻혀있다.

모두들 법당안에 들어설 생각은 하지않고
꽃송이만 바라보다 사진속에 담긴다.

소란스러운 마음을 잠재우려고
기꺼이 속세를 떠나온 비구니스님

꽃등을 달아놓은 듯 탐스러운 불꽃 앞에
양볼이 붉어지며 시린 기억 더듬는가.

법당에 다소곳이 번뇌를 털어내랴
눈결은 자꾸만 왕벚꽃에 머무르랴

허정의 달을 바라보다가
뜨거운 꽃 한 송이 꺾고 만다.

남산 불꽃

어둠을 뚫고 솟는 남산타워에
불꽃이 튀어 오른다.

젊음이 활활 타던 열정
붉은 숨결 내뿜으며
허공 속에 펼쳐지는 시간들

불꽃은
원을 그리며 기억을 더듬는가
조용히 눈을 감고
소리 없는 향기를 마신다.

그대는 층층이 둘러쌓인
다양한 빛깔로
오늘도 어둠을 밝힌다.

봉선화 꽃물

도솔산 도솔암에 들렀다가
그곳에서 키워 말린
피마자 잎 한 봉을 사왔다.

끓는 물속에서
너풀너풀 피어나는 여름밤의 추억
언니와 함께 다정히 평상에 앉아

봉선화 꽃물 들이던 기억이 가슴에
꽃물처럼 번지며 아려온다.

지금은 모두 떠나고 없는
고향집 뜰 앞, 할아버지와 함께
봉선화 채송화 백일홍 한련화
맨드라미꽃을 가꾸던 추억이
가슴 한 켠에 늘 자리하고 있다.

어려운 시절 어느 밭둑에서나 펄럭이던
쌉쌀한 나물, 넓은 잎이
지금은 고가 특산물이 되어
내 유년의 동심을
도솔산에서 건져 올린다.

불꽃 연정

정월에
홀로 찾은 호수공원
그리움이 안개처럼 피어나는
투명한 호숫가에서
찬란했던 불꽃을 바라본다.

한때는
호수 같은 그 안에 잠들고 싶어
밤마다 애테우던 가슴
뜨겁게 품으며
청춘을 불태웠는데

멀어져간 그리움
손에 잡힐 듯
햇살에 반짝이는 빙판 위로
불꽃이 날고 있다.

백련
-배정희 시인을 그리며-

애착을 쥔 손
가냘프게 흔들리는 꽃잎을 본다.

그래도 희망을 품었었는데
연꽃 필 무렵 꽃잎 떨군다.

어릴 적 돌아가신 어머니를
다시 만나고 종일 울더니
이제는 딸을 남겨두고 갔구나

고요에 묻힌 침묵을 깨고
"언니 좀 어때" 하며 걱정해주던
연꽃 같은 마음이 잡히는데

강화 선원사 연꽃 밭에서
대궁을 쏘옥 밀어 올리는 모습
이승에서 다시 너를 만난다.

꽃샘바람 불어도

내면의 고통을 밀어내며
꽃봉오리 피어 올릴 때
갑자기 불어온 칼바람

혼탁한 세상
메마른 사막을 건너오듯
여기까지 어떻게 왔는데
시궁창에 낙하할 수 있나

독침 같은 말로 상처를 낼수록
더 강하게 솟구치는 생명

고운 숨결로 외로움 삼키며
아름다운 향내 피운다.

매서운 바람이 몰아친다 해도
심지를 곧게 세우며
가지 끝에서 꽃을 피운다.

수다 꽃
-일본 성지 순례길

여자 셋이 모이면 접시가 들썩인다 했던가.

파도가 출렁이는 팬스타페리오 룸 안에서
네 명의 도반들이 하룻밤 만리장성을 쌓듯
이야기보따리를 풀어 놓았다.

나는
나만이 캄캄한 어둠속에 갇혀서
살아왔다고 생각했는데
내가 감당할 수 없을 만큼 힘든 삶을 살아온
도반의 이야기를 듣는 순간
알 수 없는 연민이 가슴을 울렸다.

수없이 펼쳐지는 수평선을 가르며
수다의 꽃을 피운 밤
어둠의 깊이를 가늠하며 응어리가 녹는다.

하늘에 두 팔 벌리며

아득한 구름 속으로 흘러간 내 젊은 시절을
성숙의 시간이라 여기며
잡고 있던 집착을 내려놓으니
어두운 가슴에 광명이 스며들었다.

3부
라일락 향기

몽올몽올 피어나는

뜨거운 숨결

긴 기다림의 미소

천리향*

새색시 발그레한
수줍은 얼굴
닿을 듯 닿지 못하는
설레는 가슴

그리워 그리워서
애태우는 목마름이
별처럼 멀기만 합니다.

겨우 내민 얼굴을
누가 볼까 부끄러워
바람 속에 몸을 숨기며

몽올몽올 피어나는
뜨거운 숨결
긴 기다림의 미소

멀리 있어 아름다운

꿈속의 사랑

은은한 향기 찾아

이 밤 천리를 달려가는

*꽃말 : 꿈속의 사랑, 첫사랑

천리향 2

화창한 봄날
앙금에 스민 향기를
그대에게 날려 보낸다.

그대가 혹여 달려오려나
들뜬 마음 사려잡고
기나긴 밤을 지세웠더니

칼바람 살며시 밀어내고
그리움 터뜨린 붉은 미소로
다문 입 살짝 열었네.

천리를 달려오는 애틋한 가슴
꿈결이어도 좋을
뜨거운 숨결, 그 손을 잡으려고.

천리향 3

멀리 떠나간
그대가 오신다기에
한껏 부풀어 오릅니다.

그토록
그리워 잠 못 이루던 밤
넘어지고 깨어지는 아픔을 사르며
한발 한발 다가오는 붉은 향기

서녘 하늘 추위를 떨치며
꿈결인 듯 꽃등을 들고
그대는 정녕 천리를 달려오시는가.

천리향 4

향기여, 천리를 달려왔는가.

엄동설한 묵묵히 침묵하고 있더니
빵빵한 볼 터트려
내게로 달려오는 그윽한 향기

먼 산 아지랑이 보일 듯 말 듯
별처럼 총총히 박힌 꽃잎 뽐내며
활짝 핀 웃음 내게 보인다.

향기여, 천리를 달려온 발이여.

꽃모자

모자를 쓰고
예쁘지
나 참 예쁘지
활짝 웃고 있는 거울
목덜미 간지럽습니다.

분홍색에 파란라인
장미꽃 하나
숲속
지저귀는 새소리
꽃들의 소곤소곤 소리 들립니다.

꽃모자를 쓰면
이마에 패인 주름을 살짝 덮어주고
나이도 열 살 접어주고
푸른 하늘 날개 돋친 내 발밑에
꿈길을 펼칩니다.

선암사 홍매화

힘없이 떨어져
이리저리 구르던 외로움 걷어내고

혹독한 추위에 두렵고 떨리는
어두운 터널을 벗어나
밝은 세상으로 나왔네.

뼈까지 사무치게 쑤시는
아픔을 오래 겪지않았다면
어찌 짙은 향기를 내겠는가.

시련과 고통 뒤에 보이는 꽃길
매화향기 그윽한 선암사에
도량 청정 꽃길이 열리네.

겨울 장미

한적한 길 가
장미 한 송이
뜨거운 사랑
된서리 맞은 듯 온몸이 얼어 있다.

고즈넉한 담장아래
선홍색 가슴으로 꽃망울 터뜨리다
멈춰선 채 아픔
해를 바라보는 눈빛이 깊다

숨 막히는 그리움
제자리 지킨다.

불같은 사랑
불꽃 튕기는
엷은 햇살
담담한 향기 피우며
노을 속에 그리움 빤다.

해당화

바닷가에서
바다를 바라보던 그 사람

멀리 떠나간 그대,
잠결에도
속삭이는 귓속말을 듣는다.

모래밭에 뿌리를 박고
수평선을 바라보는
애절한 가슴

파도가 철석일 때마다
떨리는 마음
달빛으로 그리움을 적신다.

매화

엄동설한을 이기고도
고고한 자태를 보일 뿐
뽐내지 아니하는

모진풍파 견뎌내고
절개를 바로 세운
강인한 의지가 서 있네.

구절초

깊은 산속에서
구월 구일 날
구절초를 캐었다.

거친 세상살이 같은
쓰디쓴 인생의 맛을
구절초에서 배웠다.

고난 뒤에 오는 정은
냉한 속을 다스리는 마음
따뜻하고 편안하게 해준다.

하늘이 더 맑아 보이도록…

국화꽃처럼

대지를 껴안는 숨결이
뜨겁게 차오르는 벅찬 가슴
꽃집 앞에는 각색의 아이들이
사랑에 목말랐던 입을 벌리고
활짝 웃으며 환호한다.

욕심이 많아
무슨 일이든 부정을 하며
유혹의 말은 솔깃하고
뼈있는 말은 흘려보내면서
힘든 시간의 가시덤불속

메마른 가슴에
그리워도 찾아볼 수 없는
깊은 골짜기에서 잠자던 영혼이
단비에 살며시 고개를 들고
국화꽃처럼 웃고 있다.

복사꽃 언니

차창 밖에는 마른 잎이 떨어져 내리고
지하철 속에서는 자매가 다정하게 이야기를 한다.

일사후퇴 때 나를 업고 얼음 강을 건넜고
초등 시절엔 소풍 따라와 곁에 있어 주던 언니,

복사꽃처럼 불그스레한 얼굴이
흰 달빛처럼 창백해져 갈 때

따뜻이 안아 업어주지 못한 시간
어느새 마른잎 되어 땅속에 묻혀 버렸다.

낙엽이 지는 계절
가슴을 옥죄는 복사꽃이 서럽다.

라일락 향기

숭례문에 어둠이 내리면
지하도에서 종이상자로 집을 짓는
노숙자들이 잠을 청합니다.

그곳을 지날 때마다
가슴이 시려옵니다.

딸과 함께 차를 몰고 와서
김밥을 건내주고 돌아가는 여인
시린 가슴 데펴 주는 사랑스런 뒷모습
라일락 향기가 지워지지 않습니다.

파란 열꽃

삶은 콩을 바구니에 넣고
이불을 덮어 놓았다.

취업원서를 내놓고 기다리는 심정으로
삼일을 기다렸다 열어보니
감기 몸살을 앓은 사람들처럼
콩들이 파란 열꽃을 피우고 있었다.

이웃사촌들은 도우며 살아야 한다고
일정한 온도로 무리 지으며
서로 떨어지지 않으려 접착 실을 만든다.

함께 아우르며 끈끈해진 정은
냉한 허물 밀어내고 편안하게

맑은 정기를 불어넣어
퀘퀘한 열꽃이 입맛을 살린다.

들국화

봉정암 바위틈에
들국화가 화사하게 피어 있다.

10년 전 이맘때
외롭게 떠나가신 어머니
늘 그리워 목 메였는데

이 먼 곳에
딸이 올 줄 어떻게 아셨을까
먼저 오셔서
다정한 목소리로 부르시는가.

풀꽃

폭우가 지나가자
자갈밭에 작은 풀꽃 하나 피었다.

비바람 속에서도
뜨거운 사랑을 나누고
기쁨의 빛깔로 환희를 꿈꾸는 가

돌봐주는 이 없어도
바람 앞에 물러남 없이
생명의 끈질김 하나
그리움의 눈빛으로 피었다.

사랑초*

앙증맞은 귀염둥이
피고 지고 다시 피고 지고

당신과 함께라면
천수를 누릴 수 있다기에
그윽한 눈망울로
매서운 칼바람을 이겨 낸다.

하트모양 잎새에 사랑을 엮어
뜨겁게 밀착하며

그 사랑 시들어 사라진다 해도
난 당신을 떠나지 않을래요.

*꽃말– 당신을 버리지 않을래요.

82

안시리움*

언제나 베란다를
환하게 밝혀주던 붉은 미소가

그대 떠나고 나서
시름시름 앓더니
그마저 내 곁을 떠나갔다.

불타는 마음을 삭히지 못하고
떠난 뒤의 휑한 가슴에
바람이 드나들며
가을을 더 깊게 했지만

꽃집 앞을 지날 때마다
활짝 웃는 그를 보면
백팔번뇌가 사라진다.

*꽃말- 번뇌

쑥부쟁이 꽃

초가을
황금들녘에 하늘거리는
청순한 꽃

어느 사랑의 혼불 이기에
연보랏빛 얼굴에
미소 지으며
저리도 가녀리게 떨고 있는가.

나의 손가락 닮은 잎에서
짙은 향내가 난다
핏빛 놀이 부서진다.

억새 꽃
-하늘 공원에서

하늘 맞닿은 공원에서
하얀 손 흔들며 그대를 부른다.

생전에 쓴 소리 어디로 날아가고
다정하게 챙겨주던 기억만 남아
눈가에 이슬로 맺힌다.

앞 일을 몰라
늘 살갑게 대해주지 못하고
쌀쌀맞고 외롭게 버려둔 시간들이
가슴에 비수처럼 꽂히는데

후회의 눈물이 물보라 날리 듯
당신 보내기 싫어 하얗게 지샌 밤
바람에 서걱대는 손 흔들어
당신을 불러본다.

4부
꽃잔치

오늘은 행복하기로 하자

길을 나서면

제비꽃 민들레꽃 방긋 방긋

벚꽃 탐스럽게

행복 안겨주는 오늘

꽃밭에서

꽃밭에 앉아 차를 마신다
추억을 마신다
한련화꽃을 바라본다
호랑나비가 날아와 말을 건넨다.

한련화꽃을 보면 어릴적 할아버지가 생각난다
채송화 봉선화 맨드라미 분꽃과 함께
꽃밭을 가득채운 식용 꽃이었지.

할아버지께서는
붉은 피가 돌고 가슴이 뛰는 말광랑이꽃
꽃과 함께 다정히 교감을 나누며
꽃을 피우는 모습 바라보라 하셨다.

갖은 고통 이겨내며 대궁 밀어 올리는
탐스러운 꽃잎 속에 담겨진 깊은 의미 음미하며
주변을 계속 맴도는 호랑나비
다정한 눈빛으로 손 흔든다.

꽃 잔치

오늘은 행복하기로 하자
길을 나서면
제비꽃 민들레꽃 방끗방끗
벚꽃 탐스럽게
행복 안겨주는 오늘,

담장 안에 우아한 자목련
은밀히 미소 짓고
담장 밖에 개나리 환희 환희!

홀로 문수산 능성에 오르면
온 산이 진달래꽃으로 불타
내 가슴도 함께 탄다.

세상사 매일 매일
칼바람 위에 떨지만
내일의 걱정일랑 내려놓고

꽃그늘 아래에 앉자

노을빛 바라보며

오늘 우리 행복하자

무화과

클레오파트라가 즐겨 먹었다는 열매
별모양인 듯 입을 살짝 벌리면
순결한 속살이 발그레 미소를 짓는다.

사춘기소녀 초경을 지나
붉은빛 속에 꽃순들이 오골오골 박혀
설레이며 부끄러워 톡톡 터지는 아픔
아픔과 희열의 빛살이다.

청잣빛 하늘에 맑은 숨결
은밀한 밀어 터지는 연민
아, 꽃이면서 열매,
청춘이면서 철없는 중년이다.

웃음꽃
-눈

비는 눈물이라고…
눈은 환한 웃음이다.

비가 오면 왠지 우울해지고
슬픔에 젖지만

눈이 오면 환한 얼굴로
모두 하늘 향해 팔을 벌린다.

코로나 비상사태로
가슴 얼어붙은 2월

푸짐한 웃음꽃 안으며 걷는 길
오늘은 얼었던 가슴이 눈처럼 녹는다.

유채꽃

제주 서귀포에
봄을 사뿐사뿐 걸어 나온 유채꽃
그런데 꽃 보러 나온 사람이 너무 없어
밭을 갈아엎었다.

노란 꽃망울 다시 어둠속 겨울 되어
한없이 움츠려드는데

청산도에는 유채꽃과 나비와 나
화사하게 뛰놀던 기억이 아직 살아있다
꽃순 바람 따라 흔들리고 견디며

세상이 코로나로 경제위기로 삭막해도
사람들 사이 사랑의 꽃과 꽃씨
더욱 많이 필요하다, 온 세상을 밝힐

꽃비가 외로이

공원을 조용히 걷고 있는데
갑자기 꽃비!
활짝 웃는다. 멍하니 바라본다.

봄꽃의 향기는
보아주는 이 없어도
꽃잎 하나 하나가 향기롭다.

마른하늘에서 우수수
꽃잎 사르르르
향기의 파도

냉이 꽃

시금치 밭 사이사이에서
살며시 내미는 반가운 얼굴

자세히 들여다보니
앙증스런 속웃음 내보이고 있다.

비좁은 곳에서 가족들을 데리고
몽실몽실 귀엽게 올라와

순한 눈망울로 향기 가득
생기를 불어주는 봄의 전령사

끈질긴 생명력 퍼렇게 날 세워
바람결에 흔들리며 종족을 키운다.

고추 꽃

장마 초부터 집중호우로
군데군데 부러진 가지들
온실의 화초처럼 사랑 받았는데
다시 소생하기는 힘들겠다.

곁에 있던 친구들이 우쭐대며
탐스러운 몸을 붉게 달굴 무렵
계속되는 태풍에 그들마저
탄저병에 썩어들어갔다.

전멸한 고추밭을 바라보는
쓰린 가슴 위에
은빛 햇살이 실낱같은 희망을 부르듯
흰나비가 손짓하며 부른다.

오랜 몸부림을 털어버리고
늦게나마 소임을 다 하고픈 생명 꽃

가을볕에 하얀 이를 드러내며
허허허 웃고 있다.

감자 꽃

텃밭에 햇살 받은
연보라색 꽃송이
바람에 흔들리며
꿈이 커져갔지

보릿고개 시절
감자알 많이 생기라고
꽃송이 따버린
가슴아린 기억

이제는
푸른 하늘아래
고랑에 추억이 피어
감자 꽃 향수에 젖는다.

대추 꽃

어느 날 살며시
노란웃음 가득 안고
내게 오신 그대,

해마다 노란미소 그리며
눈 짓무르도록 바라보았지요
빈가지 뿐이었어요.

뜻밖에 오셔서
가슴이 벅찹니다
별처럼 반짝반짝
가지가 휘어지네요.

태양아래 붉게 영글은 꿈들
주렁주렁 매달아
뜰아래 가득 채우겠지요.

도라지꽃

바람에 날려 왔는가
흙속에 있다가
손 흔들며 얼굴을 내미네.

태풍이 지나갈 때는
노심초사 했었는데
이제는 평온한 모습
마디마디 꽃봉오리 매달고

여름내 지친 눈을 뜨고
젖은 몸 말리며
성실히 사포닌을 만드네
뿌리를 더 깊게 내리네.

더덕 꽃

텃밭에 심어놓은 더덕 넝쿨
지짓대를 칭칭 감고
하늘을 향해 뻗어 오르더니
신비한 꽃등을 주렁주렁 달아 놓았다.

텅 빈 속 깊은 내공으로
비바람이 불어오면
잎과 줄기를 함께 흔들며 쓴맛을 만들고
햇살 아래 반짝이는 이슬 받아
은밀히 뿌리로 옮기는 지혜를 지녔다네.

마침내 꽃송이는 사랑을 담아
슬픔을 배출하고 강인하게
짙은 향 속에 진액으로 고여
허약한 나를 품으며
헛헛한 가슴을 가득 채워준다.

돌미나리 꽃

장마가 길어져
비가 지겨운 사람들 사이
미나리 꽃이 웃고 있다.

당근이 무르고 더덕이 썩어가도
입 딱 벌리고 빗물 받아 마시며
미나리 꽃은 신이 나서 웃는다.

국지성 호우로 앞산이 무너지고
집들이 떠내려가도 물 만난 붕어처럼
미나리 꽃은 속도 없이 웃고 있다.

호박꽃

태풍이 심하게 휩쓸고 갔어도
생명줄 잡고 웃고 있는 그녀

철늦은 꽃 속에 꿀벌이 날아와
서로 몸 비비며 사랑을 나누네.

별모양 꽃잎 오무렸다 펴는
달콤한 향기 속에
행복했다 말하는 친구
노을이 참 붉다.

돼지감자 꽃

밭뚝에 심기만하면
이곳저곳 싹이 나와
지천으로 자라는 야생의 꽃

가뭄이 길어져도
옆 작물 보란 듯이 일어서고
태풍이 몰아치면 몸을 낮춰
죽은 듯이 숨죽이다 꽃을 피운다.

종잡을 수 없는 날씨에는
한 잎 한 잎 소리 없는 미소
어지러운 세상에도 은근과 끈기로
하늘을 모시고 햇살과 함께 산다.

금잔화

어디서나 반갑게 환한 얼굴로
세상의 모든 시름 덜어주네.

늦은 봄 시집와서
가뭄에도 끄떡없이 견디며
텅 빈집 훈훈하게 지켜주더니

쓰리고 아픈 한숨에 꽃 진 자리
머물다 지나가면

엷은 햇살 그리며 누운 채
밝아오는 새날 위해
지는 해를 재촉하고 있네.

씀바귀 꽃

우주의 숨결이
파릇파릇 돋아나면
햇살이 불러 모은 손들에
살이 뜯겨 나가도
독한 마음 삭이면서 다시 돋는 생명줄

천지를 뒤엎는 먹구름에도
온갖 세파 견뎌내고
마디마디
흔들리며 피는 꽃
벌거숭이 혼불.

설악초*

여름에 눈이 내려
하얀 꽃이 피었네.

하얀 줄무늬 잎에
자그마한 꽃송이

뜨거운 열기에도
아랑곳 하지 않고
차분히 웃고 있는
정갈한 모습

태양도 어쩌지 못하고
폭우도 어쩌지 못하는
순백의 지조

*꽃말- 환영, 축복

메꽃*

들녘에
어디서 날아왔을까
분홍색 혼 불
살며시 고개 들어 미소를 짓네.

누구의 어깨라도 기대어 서서
있는 듯 없는 듯 숨어서 피는
닫힌 마음 열고 웃는 청초함

여름내 숨 가쁘게 덩굴 뻗으며
죽자 살자 올라가는 강인한 숨결
내칠수록 강해지는 사랑이 자라네.

*꽃말– 수줍음, 서서히 깊이 스며들다.

코스모스

분홍색 꽃무늬 원피스 입고
들길을 걸어가는 긴 머리 소녀
바람결에 머리카락 휘날리네.

살빛 뽀얀 얼굴 긴 목을 빼고
수줍은 듯 고개 돌린 티없는 미소
붉어지는 얼굴에 보랏빛 향기

비바람 불어와도 한들한들 걸으며
언제나 아리따움 고이 간직한
심지를 곧게 세운 소녀의 의지

꽃잎 하나 따다가 머리에 꽂고
낭창낭창 걸어가는 가녀린 허리
푸른 하늘 바라보는 외손녀 생각.

작품 해설

꽃의 미학과 미덕 그리고 미궁

-김복희의 꽃시

민용태(스페인왕립한림원 위원. 고려대 명예교수)

좋은 시를 쓰려면 절대 쓰지 말라는 소재나 말, 제목이 있다. 꽃. 사랑, 그리움… 동서의 시인들이 너무 많이 써서 너의 개성적 목소리를 담기 어렵다는 충고이다. 꽃말마다 연상이나 여운이 너무 많고 강해서 한 시인이 자기 목소리를 담아내기가 쉽지 않다는 노파심에 나온 소리들. 그러나 "그 놈이 그 놈이다" 해도 기어이 '그 놈'을 차고 나서는 딸이 있듯이, 오늘 꼭 꽃 시집을 가겠다고 나선 여인이 김복희 시인이다.

그러나 막상 시집에 들어가니 신선하다. 평범 중 비범? 다 아는 꽃들이고 꽃말까지 주석으로 단 시가 신선하다는 것이 이상하다. 이상하리만큼 참신하다. 예를 들어 김 시인이 습관처럼 쓰고 다니는 '꽃모자'만 봐도 놀랍다.

꽃모자를 쓰면
이마에 패인 주름을 살짝 덮어주고
나이도 열 살 접어주고
푸른 하늘 날개 돋친 내 발밑에
꿈길을 펼칩니다.

주름이 이마에 패인 것도 참 짜증스럽다. 그런데 그 짜증
스러움을 "살짝 덮어주다니" 이 아니 고마울 수가! 그런데
거기에 덤으로 "나이도 열 살 접어" 준다. 이거야 말로 사
기다! 어떻게 스무 살은 아니고 열 살? 그러나 겸손으로 여
자답게 약간 줄인 거.

그러나 정말 잘 쓴 구절은 발에 날개가 돋쳤다는 시 표현
이다. 이런 일상적 표현을 이미지로 사용하면 재미가 두 배
이다. 거기에다 "푸른 하늘 날개 돋친 내 발밑"은 높낮이 대
조가 뛰어난 절구다. 어떻게 '푸른 하늘' 하고 '발'이 날개를
달고 동격이 되나? 그 '꽃모자' 한 번 기적이다!

눈송이가 '웃음꽃'이라는 시도 재미있다.

비는 눈물이라고…
눈은 환한 웃음이다.

비가 오면 왠지 우울해지고
슬픔에 젖지만

눈이 오면 환한 얼굴로
모두 하늘 향해 팔을 벌린다.

코로나 비상사태로
가슴 얼어붙은 2월

푸짐한 웃음꽃 안으며 걷는 길
오늘은 얼었던 가슴이 눈처럼 녹는다.

　그야말로 우리 일상을 묘사한 평범한 시다. 놀라운 시표현도 없다. 그러나 이런 시가 우리 마음에 와 닿는 것은 그 목소리의 진솔성 때문이다. 유행가에도 많이 나오는 "비는 눈물이라고…"가 없어도 좋을 듯한 "…"까지 빗방울 눈물 방울을 보듯 입체적이다. 거기에 "눈은 환한 웃음이다."라는 대조가 흔한 통속성을 벗어나 입체적 시취를 자아낸다. 그 다음 2,3 연은 우리가 다 아는 표현이지만 그림이 좋다.
　이 시가 우리에게 공감대를 형성하는 것은 "코로나 비상사태로/ 가슴 얼어붙은 2월"이라는 시구이다. 어디 '2월' 뿐인가 지금도 우리 가슴은 꽁꽁 얼어 붙어 있다. 이 시를 읽은 지금이야 말로 곧 눈이 올 것 같다. 그리고 오늘은 얼었던 가슴이 눈처럼 녹기를 바란다.
　오늘처럼 숨쉬기도 어려운 우울증의 시대에 사막을 견디고 웃는 '선인장'이 유난히 돋보인다.

비바람 몰아쳐도
흔들림 없는 품격으로
신비스러움 간직하며
신성한 열정의 홍등을 달았네.

선인장꽃의 모양이 "열정의 홍등"으로 보인다. 싸구려 홍등이라기보다 "신비스러운… 신성한 열정의 홍등"이다. 고귀한 사랑이 느껴지는 이미지이다.

이 시대를 사는 김복희 시인의 시에는 코로나 우울증이 곳곳에 나타난다. "어둠 속 향기"라는 시에는 다음과 같은 시구가 나온다.

밖은 코로나사태로 온통 암흑 뿐
베란다에서 문득
꽃들의 밝은 웃음소리 들린다.

잔뜩 웅크렸던 가슴 펴는 햇살의 손길
막힌 코를 여는 천리향 영산홍
봄의 미소 세상을 밝힌다.

꽃이 있어 숨을 쉰다. 꽃이 있어 웃음이 있다. '방콕'에 살면 너무 놀라운 일이 있다. "베란다에서 문득/ 꽃들의 밝은 웃음소리 들린다." 그때 우리는 햇살이 잔뜩 움츠렸던 가슴을 펴고 손길을 주는 것을 안다. 지금까지 느끼지 못했던

"막힌 코를 여는 천리향 영산홍!"

김포에 사는 김복희 시인은 문수산을 즐겨 다닌 것으로 안다. 강화도를 가는 길목에 있는 문수산은 유서 깊은 곳이기도 하지만 특히 "문수산 진달래"가 유명하다.

> 온 산을 붉게 덮은 문수산 진달래
> 능선 길 따라 걷다보면
> 빈 벤치에
> 어둠이 혼자 앉아있다
> 김이 모락모락 오르던
> 당신의 커피는 보이지 않고
> 내 눈시울만 붉어진다.

얼마 전에 남편을 저 세상에 보낸 김 시인은 생시에 함께 거닐던 진달래 꽃길을 걷는다. "능선 길 따라 걷다보면/ 빈 벤치에/ 어둠이 혼자 앉아있다" 김 시인이 아니고는 볼 수 없는 어둠의 모습. 그것은 그림자가 혼자 앉아 있는 정경. 그러나 그림자의 실루엣조차 사라져버린 "어둠이 혼자 앉아있는" 모습은 더욱 숨막히도록 쓸쓸하고 고적한 정감적 이미지이다.

거기 그대와 함께 마시던 커피도 커피잔도 없다. 김이 모락모락 오르던 정경도 기억 속의 그림일 뿐. "내 눈시울만 붉어질 뿐"이라는 구절에서 우리는 문수산의 진달래가 온통 내 그리움으로 저리 붉은 것을 안다.

"산수유꽃"이라는 시는 이미지가 너무 좋다.

　　송광사 해우소 앞 돌담 위에
　　아지랑이 타고 아장아장 걸어오는
　　노란 눈망울들
　　마디마다 환희를 모아 손에 받쳐 들고
　　톡톡 터트리며 다가오고 있네요.

　산수유꽃의 구체적 형상을 이렇게 무형(아지랑이)과 추상
(환희)으로 정교하게 그려낼 수 있을까? 이것이 김복희 시인
의 뛰어난 시적 형상화이다. 그 꽃은 구체적으로 "송광사 해
우소 앞 돌담 위에"에 있으니 지극히 산문적인 장소이다. 변
소를 '해우소'라고 해도 냄새가 달라질 건 없다.
　거기에서 산수유꽃이 "아지랑이 타고 아장아장" 걸어온단
다. 그것도 작은 발이 아니라 "노란 눈망울들"이. 산수유꽃
모양이 금방 눈에 잡힌다. 그것은 또 달리 보면 "마디마다
환희를 모아 (꽃다발처럼) 손에 받쳐들고/ 톡톡 터트리며"
다가온단다. 이 얼마나 섬세하고 적합한 형상화인가.
　'찔레꽃'이란 시도 특유한 향기를 지녔다. 시골에서 어린시
절을 보낸 사람들은 이런 경험이 있다.

　　보리 그을려 비벼 먹던 까만 손 까만 입
　　떫은 찔레 순 꺾어먹던 해맑은 웃음들까지
　　넝쿨 속 넘나드는 추억들

가지마다 하얀 꽃등 불을 켠다.

우리 어린 시절 추억들이 곳곳에 서려있는 찔레꽃의 모습들. 그 추억이 떠오르는 형상까지 꽃나무 가지에 주저리 주저리 얽혀 걸려있다. 찔레꽃은 유행가에서처럼 붉은 꽃이 아니라 주로 하얀 꽃, "하얀 꽃등"이다. 꽃가지 거뭇거뭇한 점들이 "보리 그을려 비벼 먹던 까만 손 까만 입"이었던가?
이번에는 "벚꽃 축제"를 보러가자.

답답한 가슴으로 윤중로에 왔다
밀고 밀리며,
벌떼같이 모여든 군중 속에서
사람에 취해 향기에 취해
둥둥 떠다녔다.

정겹게 터져 나오는
젊음의 함성 사이
달은 원만한 미소로
후회뿐인 삶의 무게를
잠시 내려 놓으라한다.

수필 같은 가벼운 터치로 축제 구경을 묘사한다. 벚꽃 구경이라고 해야 사람들 사이 "둥둥 떠다니는" 기분이다. 나이든 사람에게 "젊음의 함성"은 부담스럽기도 하다. 그러나

"달은 원만한 미소로/ 후회뿐인 삶의 무게를/ 잠시 내려놓으라 한다." 가볍지만 가볍지만은 않는 힐링의 경험이라고나 할까?

이번에는 김복희 시인이 그토록 좋아하는 '군자란'을 보자.

간절한 기다림에 귀 기울여준
그 숨결 고귀하면서도 신비한 힘
우아한 자태를 보인다.

눅눅한 겨울 이야기 송이마다
새소리 바람소리 개울물 소리

시각적 이미지와 청각적 이미지가 현묘하게 어울려진 마지막 두 구절! '개울물 소리'에는 '새소리 바람소리'가 다 들린다. 그런 '봄꽃––군자란'이라고 하면 김복희 시인은 그 우아한 자태에 하고 싶은 이야기가 너무 많다.

혹독한 추위가 찾아와도
어머니의 아늑한 오지랖처럼
강인한 꽃대궁 드러내더니
냉기 흐른 가슴에 불을 지피네.

군자란에 봄꽃이 필 때에 느끼는 "어머니의 아늑한 오지랖" 같은 잎사귀의 넉넉함. 거기 '강인한 꽃대궁'으로 혹독한 추위를 이겨낸 자태를 뽐낸다. 그 꽃 모양이 "냉기 흐른 가슴에 불을" 지핀단다.

군자란의 도도한 품격보다는 '민들레 김치전'이 투박해서 좋다.

> 황사바람에 곤두박질쳐도
> 끈질긴 생명력으로
> 열심히 살아가면서
>
> 어느 곳이나
> 터 잡아 자리 잡고
> 씨방을 틔우듯 떠서 전을 부쳤다.
>
> 골진 가슴을
> 부드럽게 다독이며
> 몸을 휘감는 감격
> 우리는 그렇게 한 몸이 되었다.

민들레의 끈질긴 생명력을 전으로 부쳐 한 몸이 되니 배도 부르고 좋겠다. … 시는 이제 옛날처럼 점잖빼고 폼재는 시대는 지났다 지금은 포스트모던(Postmodernism)의 탈脫권위시대이다. 항상 진실하고 솔직한 성실성이 좋은 시의 뿌리이다. 더구나 "민들레 김치전"의 맛의 이미지를 "골진 가슴을/ 부드럽게 다독이며/ 몸을 휘감는" 맛으로 표현한 것은 아주 독창적이다. 이미지의 주된 성격인 시각이나 청각적 심상心象이 아니고 미각味覺적 이미지를 쓰는 것이야말로 주된 감각 영역으로 돌아가는(Decentering) 포스트모던이다.

다음에는 시 "영산홍 2"를 보자.

베란다에서 상큼한 얼굴
"나 좀 봐요!" 하는 소리
분홍색 미소를 본다.

봄이 왔건만
세상은 온통 전염병
어둠이 점점 깊어간다
두려움을 떨치며
잠시 눈을 돌린다.

'안녕!' 너와의 눈인사
눈과 귀가 맑아진다
햇살이 반짝!

대단히 가벼운 터치지만 범상치 않다. 꽃을 의인화해서 말하게 하는 것은 쉬운 수사법이다. 그러나 영산홍의 꽃모습과 "나 좀 봐요!"가 어울리니까 일품이다. 지금 코로나 공포로 세상 곳곳 "어둠이 점점 깊어간다. '안녕!' 너와의 눈인사/ 눈과 귀가 맑아진다/ 햇살이 반짝!"은 절구이다. 꽃의 이미지와 시 청각 이미지가 아주 적합하고 어울리기 때문이다.

"천리향 4"에서 꽃의 향기를 "천리를 달려온 발이여"로 감 탄한 것은 훌륭하다. 향기는 모양이 없는데 '발'이 있단다. 시 인이 아니고는 보거나 냄새 맡거나 느낄 수 없는 현묘한 감 각이다.

"들국화"에서는 돌아가신 어머니의 모습을 본다.

봉정암 바위틈에
들국화가 화사하게 피어 있다.

10년 전 이맘때
외롭게 떠나가신 어머니
늘 그리워 목 메였는데

이 먼 곳에
딸이 올 줄 어떻게 아셨을까
먼저 오셔서
다정한 목소리로 부르시는가.

"돼지 감자꽃"은 이름만 들어도 흔한 들풀 들꽃 같다. 그 러나 김복희 시인의 눈에는 참으로 은근과 끈기를 가진 미덕 의 꽃이다.

밭뚝에 심기만하면
이곳저곳 싹이 나와
지천으로 자라는 야생의 꽃

가뭄이 길어져도
옆 작물 보란 듯이 일어서고
태풍이 몰아치면 몸을 낮춰
죽은 듯이 숨죽이다 꽃을 피운다.

종잡을 수 없는 날씨에는
한 잎 한 잎 소리 없는 미소
어지러운 세상에도 은근과 끈기로
하늘을 모시고 햇살과 함께 산다.

착한 농촌 며느리를 본듯 마음 아프도록 곱다. 김복희 시
인에게는 원래 그녀가 그렇듯이 곱고 얌전하고 착하단 말을
별로 좋아하지 않는다. 너무 많이 들은 수사이거나 예의로
던지는 말이기 때문이다. 그보다는 김 시인에게는 "유월 장
미" 같다는 말이 더욱 기분 좋을 것 같다.

밤사이 담장 위에서
고개를 내밀며 빨갛게 방실거린다.

가슴이 뜨겁게 솟구치는

더는 기다릴 수 없는
터지도록 부푼 가슴, 입술
벽을 타고 오른다.

당신을 향한 사랑 가시에 찔려도 좋아
붉은 눈물 뚝뚝 떨구다

당신이 다시 손잡아 주신다면
내게 남은 여름의 뜨거움
송두리째 다 바치리다.

　살다보면 너무 늦게 깨우친 것들이 많다. 괴테의 파우스트
는 젊음과 사랑을 얻기 위해 악마에게 영혼을 판다. 그리고
나이 들어 말한다. "그냥 놀고 먹기에는 너무 늙었고/ 희망
없이 살기에는 너무 젊었다." 그렇다. 사랑과 희망은 마지막
걸리는 병이란다. 김복희 시인 또한 "유월 장미" 같은 열애
를 꿈꾸지 않았나 한다.
　모든 꽃은 마다할 이유가 없다. 우리 이 어두운 시대에 김
복희 시인이 "꽃잔치"를 여는 이유 또한 행복에 대한 소망에
서이다.

오늘은 행복하기로 하자
길을 나서면
제비꽃 민들레꽃 방끗방끗

벚꽃 탐스럽게
행복 안겨주는 오늘,

담장 안에 우아한 자목련
은밀히 미소 짓고
담장 밖에 개나리 환희 환희!

홀로 문수산 등성에 오르면
온 산이 진달래꽃으로 불타
내 가슴도 함께 탄다.

세상사 매일 매일
칼바람 위에 떨지만
내일의 걱정일랑 내려놓고

꽃그늘 아래에 앉자
노을빛 바라보며
오늘 우리 행복하자

　행복은 결심이다. 가만히 있는다고 행복해지지 않는다.
세상을 꽃으로 보는 마음이 있어야 한다. 일상의 타성에 빠
져있는 마음에는 꽃이 보이지 않는다. 이 코로나 사태가 언
제 끝날지 끝없이 짜증만 겹칠 뿐. 그럴 때 결심처럼 결연하
게 꽃을 보기로 하자. 행복하기로 하자.

꽃을 보면 꽃이 예뻐지는 게 아니다. 꽃을 보면 나의 얼굴이 예뻐진다. 내가 행복해진다. 사람을 꽃으로 보면 나의 얼굴이 예뻐진다. 하물며 산에 들에 길가에 꽃이 있는데 거기 눈을 주지 않을 수 있으랴. 그것은 불행을 사서 하는 짓! 꽃을 보자. 일부러 꽃을 보자. 우리 행복해지자.

어제는 손에 만져지지 않는다. 내일은 손에 만져지지 않는다. 꿈은 손에 만져지지 않는다. 손에 만져지지 않는 행복은 가짜이다. 꿈만으로는 배부르지 않는다. 그래서 손에 만져지는 오늘, 지금이 진짜이다. 인도 철학에서 지금 오늘은 영원하다. 시간은 죽음이다. 오늘이 없으면 나는 없다. 나는 허상이다. 그래서 깨달음처럼 기어이 지금 오늘 행복하자.

김복희 시집
꽃잔치, 오늘 우리 행복하자

초판 인쇄 2020년 10월 08일
초판 발행 2020년 10월 14일

지은이 김복희
펴낸이 朴明淳
펴낸곳 문학시티

주 소 100-015 서울시 중구 창경궁로 1가 29 (3F)
전 화 02-2272-2549
이메일 munhakmedia@hanmail.net
제작공급처 정은출판

ISBN 978-89-91733-68-8 (03810)
값 11,000원